19 FEVR. 1910

1910

Salle Nº 6

à 2 heures 1/2

TABLEAUX

MODERNES

Dessins, Aquarelles, Gouaches et Pastels

COMMISSAIRE-PRISEUR

Mᵉ LAIR-DUBREUIL

EXPERT

M. HENRI HARO

CATALOGUE

DE

TABLEAUX

MODERNES

Dessins, Aquarelles, Gouaches & Pastels

PAR

ABBEMA. BARILLOT, BAUDRY, BONHEUR (ROSA)
BOUDIN, BRASCASSAT, CAZIN, CHABAS (PAUL), CHINTREUIL
DETAILLE, DUPRÉ (JULES), FERRIER (GABRIEL)
FLANDRIN (HIPPOLYTE), GAGLIARDINI, HARPIGNIES
JACQUE (CHARLES), JONGKIND, LÉPINE, LUCAS (DÉSIRÉ)
MEISSONIER, RAFFAELLI, RIBOT, ROUSSEAU (PHILIPPE), ROYBET
THAULOW, VAN MARCKE (ÉMILE), VERBOECKHOVEN
VOLLON, ETC.

DONT LA VENTE AURA LIEU

HOTEL DROUOT, SALLE N° 6

Le Samedi 19 Février 1910

à 2 heures 1/2

COMMISSAIRE-PRISEUR

Me LAIR-DUBREUIL

6, rue Favart, 6

PEINTRE-EXPERT

M. HENRI HARO

11, rue Visconti, et rue Bonaparte, 20

EXPOSITION PUBLIQUE

Le Vendredi 18 Février 1910, de 1 heure 1/2 à 6 heures

Don S. de Ric

Ce Catalogue se distribue à Paris :

Chez Mᶜ LAIR-DUBREUIL, commissaire-priseur, 6, *rue Favart.*

Chez M. HENRI HARO, peintre-expert, *14, rue Visconti, et rue Bonaparte, 20.*

CONDITIONS DE LA VENTE

La vente sera faite au comptant

Les acquéreurs paieront *dix pour cent* en sus des enchères.

Paris. — Imp. Georges Petit. 12, rue Godot-de-Mauroi. — 2023 7-09

Tableaux Modernes

BARILLOT

350

1 — *Le Pâturage.*

> Au premier plan, un bœuf à la robe jaune est couché dans l'herbe ; plus loin, on voit un chariot sous les saules ; et, dans le fond, le troupeau au pâturage.
>
> Signé à droite.

Toile. Haut., 54 cent.; larg., 86 cent.

BAUDRY (Paul)

780

2 — *Projet de plafond.*

> Signé à droite.

Toile. Haut., 73 cent.; larg., 92 cent.

BÉROUD (Louis)

40

3 — *Au musée du Louvre.*

> Signé à gauche.

Toile. Haut., 41 cent.; larg., 33 cent.

BONHEUR (Rosa)

2150

4 — *Le Relai de chasse.*

> Dans un paysage boisé, s'appuyant contre un gros arbre, un Breton garde quatre chiens qui sont à ses pieds. Trois chevaux de selle attendent leurs cavaliers; l'un d'eux, à la robe blanche éclatante, se détache vivement éclairé.

Toile. Haut., 67 cent.; larg., 92 cent.

BOUDIN

5 — *Les Barques.*

> Signé à droite.

Toile. Haut., 31 cent.; larg., 46 cent.

BOUDIN

225

6 — *Le Port de Portrieux à marée basse.*

> Signé à gauche et daté à droite : *Portrieux, 28 oct^{bre} 73.*

Bois. Haut., 24 cent.; larg., 33 cent.

BOUDIN

140

7 — *Le Trois-mâts.*

> Signé à droite.

Bois. Haut., 16 cent.; larg., 24 cent.

130

BOUDIN

8 — *Marée basse, à Berck.*

Signé à droite.

Bois. Haut., 17 cent.; larg., 25 cent.

BOUDIN

180 — 9 — *Laveuses, marée basse.*

Signé à droite.

Bois. Haut., 16 cent.; larg., 23 cent.

BRASCASSAT (J.-B.)

1920   10 — *Le Taureau.*

Fornand

Un superbe taureau nivernais est debout, attaché près de l'étable, pendant qu'un chien est couché près de lui. Derrière, arrive une paysanne montée sur un âne chargé de deux paniers. Dans la plaine, un paysan accompagné de son chien porte un lièvre sur son épaule. Plus loin, des vaches sont au pâturage dans la grande prairie bordée par un verdoyant coteau. Sur le premier plan, à droite, on voit un coq et deux poules.

Signé à gauche et daté.

Toile. Haut., 1 m. 06; larg., 1 m. 30.

CAZIN (C.)

2500 11 — *Le Champ de blé.*

Haro

Au premier plan, les blés légèrement couchés par le vent; plus loin, la colline où l'on
distingue un petit bois.
Signé à droite.

Toile. Haut., 38 cent. ; larg., 45 cent 1/2.

CAZIN (C.)

3000 12 — *Les Bleuets.*

Haro

Les bleuets ont fait leur apparition dans le
champ de blé; les falaises couvertes de
verdure laissent paraitre çà et là des dunes.
Ciel nuageux.

Toile. Haut., 46 cent. 1/2 ; larg., 38 cent.

CHABAS (Paul)

920 13 — *Baigneuse.*

Signé à gauche.

Haro

Bois. Haut., 33 cent.; larg., 25 cent.

CHABAS (Paul)

1020 14 — *La Libellule.*

allard

Pendant du précédent.
Signé à gauche.

Bois. Haut., 33 cent.; larg., 25 cent.

CHARLET

115   15 — *L'Homme à la pie.*

> Toile. Haut., 55 cent.; larg., 46 cent.

CHINTREUIL

250   16 — *Le Vieux saule.*

> Signé à droite.

> Toile. Haut., 42 cent.; larg., 59 cent.

> *Vente Desbrosses.*

DELPY

220   17 — *Les Barques, bord de rivière.*

> Signé à droite.

> Bois. Haut., 29 cent.; larg., 53 cent.

DREUX-DORCY

18 — *La Jeune fille aux roses.*

> Signé à gauche : *Dorcy.*

> Toile. Haut., 23 cent.; larg., 18 cent.

165

DREUX-DORCY

19 — *La Jeune blonde.*

> Bois. Haut., 23 cent.; larg., 18 cent.

DUPRÉ (Jules)

1725   20 — *Bords de rivière.*

La rivière tourne près du village que l'on voit à gauche. Une barque transporte des passagers et se dirige vers des bateaux amarrés à droite.

Signé à droite, et daté: *1831.*

Toile. Haut., 30 cent.; larg., 54 cent.

FERRIER (Gabriel)

400   21 — *La Rieuse, tête de femme.*

Signé en haut, à gauche, avec dédicace.

Toile. Haut., 55 cent.; larg., 46 cent.

FLANDRIN (Hippolyte)

130   22 — *Méditation.*

Une jeune Italienne, assise au bord de la mer, semble méditer.

Signé à droite, et daté : *1834.*

Toile. Haut., 25 cent.; larg., 32 cent.

GAGLIARDINI

340   23 — *Au bord de la mer, effet de soleil.*

Signé à droite.

Toile. Haut., 38 cent.; larg., 55 cent.

GEFFROY (E.)

340

24 — *Personnages de la Comédie-Française.*

Signé à gauche, et daté : *1851.*

Toile. Haut., 99 cent.; larg., 1 m. 64.

GIRAN-MAX

25 — *L'Allier, à Vichy.*

Signé à gauche.

Toile. Haut., 38 cent.; larg., 46 cent.

HARPIGNIES

3600

arnold
+
Tripp

26 — *Les Bûcherons, environs de Nevers.*

Au milieu d'un bois que côtoie la rivière, les bûcherons sont occupés à entoiser du bois.

Signé à gauche et daté : *1859.*

Toile. Haut., 50 cent.; larg., 60 cent.

HARPIGNIES

1900

arnold
+
Tripp

27 — *Le Passage du gué, environs de Sepmeries (Nord).*

Deux jeunes garçons se sont attelés à un petit chariot où sont blotties deux petites filles à qui ils font traverser la rivière ; d'autres·passent des petites fillettes sur leur dos. De l'autre côté de la rive, la prairie et les bois.

Signé à gauche et daté : *1863.*

Toile. Haut., 38 cent.; larg., 55 cent.

JAN-MONCHABLON

28 — *Sous bois, les feuilles mortes.*

Signé à droite.

Toile. Haut., 32 cent.; larg., 45 cent.

JONGKIND

1 500   29 — *Rotterdam.*

Oliver

Dans le fleuve, une multitude de barques et de bateaux circulent ou sont amarrés près des quais; sur la gauche, les maisons de la ville se détachent sur quelques bouquets d'arbres; un ciel lumineux éclaire vivement le paysage.

Signé à droite et daté : 56.

Toile. Haut., 28 cent. 1/2; larg., 45 cent.

KREYDER (A.)

405   30 — *Les Roses.*

Une grande gerbe de roses de différentes espèces est jetée sur le sol.

Signé à gauche.

Toile. Haut., 73 cent.; larg., 92 cent.

LEBOURG

305   31 — *Pont sur la Seine.*

Signé à droite et daté : *Paris, 1880.*

Toile. Haut., 38 cent.; larg., 46 cent.

LELOIR (Louis)

105 32 — *La Promenade à âne.*

Signé à gauche.

Bois. Haut., 24 cent.; larg., 14 cent.

LÉPINE

125 33 — *Jour de pluie, à Cherbourg.*

Signé à droite.

Bois. Haut., 23 cent.; larg., 25 cent.

LÉPINE

620 34 — *Un coin de l'Estacade.*

Signé à droite

Bois. Haut., 24 cent; larg., 14 cent.

LÉVIS (Maurice)

110 35 — *Le Village au bord de la rivière.*

Signé à droite.

Bois. Haut., 19 cent.; larg., 27 cent.

LUCAS (Désiré)

1650 36 — *La Fileuse.*

Dans un pittoresque intérieur breton,
la grand'mère file la laine près du berceau
de son petit enfant. Derrière elle, dans
l'âtre, le feu est allumé.

Signé à gauche.

Toile. Haut., 53 cent.; larg., 64 cent.

LUCAS (Désiré)

2000 37 — *La Forge.*

Haro

Deux forgerons, vivement éclairés par le feu de la forge, sont au travail ; l'un souffle le feu, tandis que l'autre, tenant son marteau, s'apprête à frapper le fer. Dans le fond, un paysan, assis, allume sa pipe. Une fenêtre ouverte laisse apercevoir un escalier.

Signé à gauche.

Toile. Haut., 87 cent. ; larg., 69 cent.

MICHEL (Attribué à)

500 38 — *Paysage.*

Tournand

Au premier plan, un voyageur converse avec un bûcheron assis. Sur la droite, le tertre couronné d'arbres se détache sur un ciel nuageux.

Toile. Haut., 49 cent.; larg., 66 cent.

OLIVE (B.)

220 39 — *Ilots de rochers dans la Méditerranée.*

Signé à gauche.

Toile. Haut., 54 cent. ; larg., 65 cent.

PAELINCK

70 40 — *Bacchus et Ariane.*

Signé à gauche, et daté : *1824.*

Toile. Haut., 92 cent.; larg., 74 cent.

PRUD'HON (Attribué à)

41 — Narcisse.

Narcisse est étendu près du cours d'eau où il avait l'habitude de se mirer.

Toile. Haut., 90 cent.; larg., 1 m. 12.

RAFFAELLI

42 — L'Affûteur de scies.

Il traverse le village; sur son dos, son chevalet et dans chaque main il porte des scies.

Signé à droite, et daté : *80.*

Bois. Haut., 21 cent.; larg., 9 cent.

RAFFAELLI

43 — Le Lever.

Une jeune femme, à peine éveillée, vient de s'asseoir sur son lit ; son visage songeur semble chercher d'où proviennent les bleuets épars près d'elle.

Toute cette scène se dégage dans une gamme de blancs du plus heureux effet.

Signé à gauche.

Toile. Haut., 81 cent.; larg., 70 cent.

RIBOT

44 — *Tête de femme.*

47°

La tête se détache en grande lumière sur un fond sombre.

Toile. Haut., 47 cent.; larg., 39 cent.

RICHET (Léon)

3 60

45 — *Forêt de Fontainebleau.*

Sur la route, les arbres de la forêt bordent la plaine et, dans le lointain, on aperçoit un groupe de rochers.

Signé à droite.

Bois. Haut., 53 cent.; larg., 66 cent.

48°

ROUSSEAU (Ph.)

46 — *Nature morte.*

Sur une table, dans un plat, des gâteaux et des brioches ; auprès, une aiguière, une carafe, un verre et d'autres accessoires.

Signé à droite et daté : 71.

Bois. Haut., 49 cent.; larg., 65 cent.

265

STEWART

47 — *Jeune femme lisant.*

> Dans le jardin, une jeune femme, assise dans un fauteuil d'osier, s'occupe à lire un roman.

> Signé en haut, à droite, et daté : 85.

> Toile. Haut., 91 cent. ; larg., 66 cent.

SURAND

48 — *Lucie..... Alfred de Musset.*

> Signé.

> Toile. Haut., 65 cent.; larg., 81 cent.

2100

THAULOW (Frits)

49 — *Soir d'hiver en Norvège.*

> Signé à droite.

Duc de Guiche

> Toile. Haut., 65 cent.; larg., 81 cent.

> *Vente Thaulow.*

TROUILLEBERT

177   50 — *Grand-Camp.*

> Signé à gauche.

> Toile. Haut., 21 cent.; larg., 41 cent.

TROUILLEBERT

170   51 — *L'Ile de la Bassée.*

Signé à droite.

> Bois. Haut., 24 cent.; larg., 36 cent.

TROUILLEBERT

325   52 — *Bord de la Loire.*

Signé à droite.

> Toile. Haut., 22 cent.; larg., 27 cent.

VAN MARCKE (Émile)

7100   53 — *Vache au pâturage.*

Haro

Une vache brune à taches blanches marche dans un riant pâturage bordé d'arbres; elle est vivement éclairée par un chaud rayon de soleil d'été.

> Toile. Haut., 50 cent.; larg., 71 cent.

Collection du Comte d'Aquila.

VAN MARCKE (Émile)

235   54 — *La Grève.*

Quelques vaches viennent se baigner dans la mer qui déferle contre les rochers. Cachet à droite.

> Bois. Haut., 26 cent. 1/2; larg., 34 cent. 1/2.

Vente Van Marcke.

3100

VERBOECKHOVEN (Eug.)

55 — *Bergerie.*

Haro

Un mouton, debout, veille sur une brebis et un petit agneau couchés près de lui ; à gauche, une moitié de tonneau sur lequel un coq vient de se camper, pendant qu'un lapin est accroupi près d'un sabot. Au mur, différents accessoires : ruche, carnier, etc.

Signé à droite et daté : *1843.*

Bois. Haut., 65 cent.; larg., 81 cent.

Collection du Duc de Narbonne.

95

VOGLER

56 — *L'Abreuvoir, à Meulan.*

Signé à gauche.

Toile. Haut., 54 cent.; larg., 65 cent.

80

VOGLER

57 — *Place du Marché, à Meulan.*

Signé à gauche.

Toile. Haut., 65 cent.; larg., 54 cent.

VOGLER

58 — *Les Andelys, le vieux moulin.*

Signé à gauche.

Toile. Haut., 55 cent.; larg., 66 cent.

VOGLER

59 — *Le Dégel, vue prise à Asnières.*

Signé à gauche.

Toile. Haut., 43 cent.; larg., 61 cent.

VOLLON (A.)

3 50

60 — *Poissons et crevettes.*

Signé à gauche.

Toile. Haut., 36 cent.; larg., 48 cent.

WATELIN (S.)

61 — *La Route.*

Carton. Haut., 28 cent.; larg., 35 cent.

15²

WATELIN (S.)

62 — *Les Chevaux de labour.*

Signé à droite.

Toile. Haut., 39 cent. 1/2; larg., 30 cent. 1/2.

Dessins, Aquarelles
GOUACHES & PASTELS

ABBEMA (Louise)

63 — *La Femme à la canne.*

> Debout, en élégant costume, une jeune
> femme tient une grande canne de la main
> droite.
> Pastel.
> Signé à droite.

BEAULIEU (De)

64 — *L'As de trèfle.*

> Pastel.

CAGNIART

65 — *Chaumières dans la vallée, effet du
matin.*

> Pastel.
> Signé à droite.

CICÉRI

66 — *Arbres au bord de l'eau.*

Gouache.

Signé à droite.

DESCHAMPS (Louis)

67 — *Le Bébé.*

Aquarelle.

Signé à droite.

DETAILLE (Edouard)

68 — *Croquis de soldats.*

Signé à gauche.

Dessin à la mine de plomb et au crayon noir.

DONZEL (Ch.)

69 — *Bords de rivière.*

Pastel.

Signé à gauche.

GARBET

70 — *La Charrette du vieux paysan.*

Aquarelle.

Signé à droite et daté : *1839.*

GRENET (E. du)

71 — *La Liseuse.*

>Pastel.
>
>Signé à droite.

HARPIGNIES

72 — *Environs de Maresches (Nord).*

>Aquarelle.
>
>Signé à gauche et daté : *1868.*

JACQUE (Charles)

73 — *La Rentrée du troupeau.*

>Le berger, aidé de ses chiens, rassemble son troupeau; il vient de quitter le bois et, par la grande plaine, va rejoindre la ferme.
>Dessin rehaussé de blanc.
>
>Signé à gauche et daté : *1859.*
>
>>Haut., 62 cent.; larg., 97 cent.

MEISSONIER

74 — *Officier de la 1re République.*

>Dessin à la plume.
>Signé du monogramme, à droite.
>
>*A figuré à l'exposition des œuvres de Meissonier, à la galerie Georges Petit.*

POPELIN (Gustave)

75 — *La Petite souris blanche*.

>Aquarelle.
>
>Signé à droite avec dédicace et daté : *1883*.

ROYBET

76 — *Le Joueur de violon*.

>Dessin à la plume et encre de Chine.
>
>Signé à gauche et daté : *1883*.

---

77 — Sous ce numéro seront vendus les tableaux, dessins, aquarelles, gouaches et pastels non catalogués.

RED. :

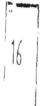

16

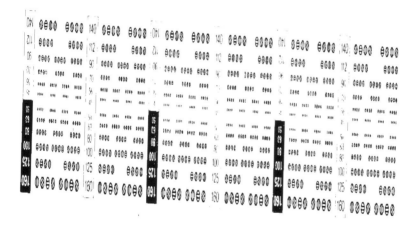

MIRE ISO N° 1
NF Z 43-007
AFNOR
Cedex 7 - 92080 PARIS-LA-DÉFENSE

graphicom

0 1 2 3 4 5 6 7 8 9 10

BIBLIOTHEQUE NATIONALE DE FRANCE

****

CHATEAU DE SABLE

1996

Imprimé en France
FROC032316240919
22241FR00009B/195/P

9 782329 333571